醒来觉得甚是爱你。

——朱生豪

在鲜花山谷发呆的日子

A daze in the valley of flowers

殷洁 周小林 著

成都时代出版社
CHENGDU TIMES PRESS

图书在版编目（CIP）数据

在鲜花山谷发呆的日子 / 殷洁，周小林著. -- 成都：成都时代出版社, 2022.5
　ISBN 978-7-5464-2985-4

Ⅰ. ①在… Ⅱ. ①殷… ②周… Ⅲ. ①随笔—作品集—中国—当代 Ⅳ. ① I267.1

中国版本图书馆 CIP 数据核字 (2022) 第 002656 号

在鲜花山谷发呆的日子　殷洁　周小林 / 著
ZAI XIANHUA SHANGU FADAI DE RIZI

出 品 人	达　海
责任编辑	张　巧
责任校对	李　佳
书名题写	曲　玲
装帧设计	成都九天众和
责任印制	车　夫
出版发行	成都时代出版社
电　　话	（028）86742352（编辑部）
	（028）86615250（发行部）
网　　址	www.chengdusd.com
印　　刷	成都博瑞印务有限公司
规　　格	135mm×205mm
印　　张	7.5
字　　数	100 千
版　　次	2022 年 5 月第 1 版
印　　次	2022 年 5 月第 1 次印刷
书　　号	ISBN 978-7-5464-2985-4
定　　价	68.00 元

著作权所有·违者必究　本书若出现印装质量问题，请与工厂联系。电话：（028）85951708

梦想成真……………………008

山谷种花……………………020

非职业画家…………………042

鲜花山谷的宠物们…………062

慢生活………………………074

山谷四季……………………136

不亦乐乎……………………178

突然"火"了………………202

梦想成真

他出了会儿神,忽然扭头笑着对我说:"未来,建座花园送给你。"

2013年，我们离开广州，从都市的喧嚣中抽身而退，返璞归真，在成都郊外，建了一座私家花园，过上了岁月静好、云淡风轻的慢生活。终日与土地、花事为伍，在四季轮回中，朝看晨曦，暮浴夕阳，春来赏花，秋望水长。日子简洁明朗，如水流淌，尘心被历练得安宁而简单。静静地细数光阴，看大雁南飞，听自然天籁，安之若素地享受着岁月的温润。在田地撒满花种，在内心播种太阳，让每一个平凡的日子溢满欢喜，内心安详，在宁静中收获幸福与真知。

1991年，我义无反顾离开北京，远嫁四川，从此和老公牵手走遍祖国西南的横断山域。我们在鲜有人迹的深山中领略过人间仙境，也在旅途的恶劣环境中经历过九死一生，在山重水复之时，也看到过柳暗花明。一路辗转，浪迹四方。2002年，我们揭开丹巴的神秘面纱——一个让人看一眼就挪不动步的世外桃源，在丹巴这个"中国最美乡村"发了四年呆，出版了一本随笔《在丹巴发呆的日子》。我们与自然为友，与花草为邻，我甚至一度怀疑我这个在北京土生土长的胡同大妞，一路跑到横断山来就是为了寻找自己丢失的魂。2006年，我和小林再次背上行囊，与丹巴挥手告别，我在内心告诉自己：未来不再漂泊，让灵魂和躯壳有个落脚的地方，盖一所大房子，屋外鲜花围绕，室内洒满阳光。我有一搭没一搭地和老公讲了这个

梦话，他点起一根香烟，一呼一吸间，亮起火光，飘起的烟雾翻过屋顶，爬上月亮。他出了会儿神，忽然扭头笑着对我说："未来，建座花园送给你。"

我当是戏言，没想到他真的记在了心上。起初，我只想建所大房子，落地窗外种满自己喜欢的花，两人一狗，三餐四季，慢慢地消磨时光，一起变老。没承想，2013年他以一个"爱的礼物"的名义，送给我一座1200亩、镶嵌着一个7000多平方米翡翠湖面的大花园，就是现今的鲜花山谷（坐落在成都市金堂县转龙镇）。这大大超出了我们的预算，我俩考虑许久，最终卖掉广州的房产，带上所有的积蓄，断了我们的后路和所有念想，一心一意扎根乡村，筑造我的梦想，我们的梦想。

2013年5月，花园建设正式启动。我们翻了老皇历，确定了破土的吉日、吉时，我和老公兴奋得一夜未眠。凌晨4点冒着小雨出发，6点老公动了第一铲土，花园建设由此拉开序幕。从设计、开荒、修路，到挖地基、建房子，历经5个多月，山谷初建完成，我的梦想也有了雏形，我真的住进了一座三面落地玻璃窗的红砖红顶大房子，弯弯曲曲的花园小径，把小时候过家家玩的游戏照进现实，把两个人装进了一个大花园里的明亮玻璃房中。一人一间工作室，开启了我们在鲜花山谷发呆的日子，过上了《完美的一天》那首歌词所说的生活："我要一所大房子，有很大的落地窗户，阳光洒在地板上，也温暖了我的被子……我们晚上不睡觉，白天在床上思考，小狗在屋里奔跑，度过完美的一天……"

山谷种花

日月更迭,鲜花常伴,好不自在,不知在这山谷虚度多少光阴。而每年我的生日,就是泸定百合闪亮绽放的日子。

1200亩地，以花为主，草木为辅。我们置办了各种工具装备——剪、刀、锹、铲、围裙、手套、雨靴、草帽。工具与外面的不同，我给它们涂色，画上图案，挂满一面墙。草坪是"刚需"，是花园的留白，不可或缺，它的魅力是主角花无法替代的，更重要的是，修草坪让人上瘾，像为大地理发，容不得一点杂草冒尖，全部整整齐齐。

花园的原生植物

入住花园后，我们首先梳理了当地的原生植物，丰富的植物种类让我们惊喜万分——木香、云实、打破碗碗花、甘菊、臭牡丹，争奇斗艳；鬼针草、蒲公英、紫背金盘、三褶脉紫菀，点缀山间；另有苦苣菜、大火草、犁头草、龙葵、鳢肠、酢浆草、腺梗豨莶、刺儿菜、通泉草、银芦、蒲苇、狗尾草、狼尾草和各种果树、竹子等等。我突然领悟大自然的美，本就是自然而然的。

最让我们惊喜的是在鲜花山谷里竟然发现了珍贵的红花龙胆，见到它们像见到了老朋友般熟悉和亲切。这是我们在鲜花山谷乡土植物调查中遇上的一件大喜事，真没想到俺家园子里就有红花龙胆分布。鲜花山谷里的蕨类植物也特别丰富，记得以前住在城市的时候，经常去花市买一些蕨类植物，摆在客厅里当绿植，而今这里满山的蕨类植物，我们的房子反而成了点缀。园子里绿植繁多，也就成

了小动物们的栖息地。山鸡、兔子、白鹭和种类繁多的蝴蝶、鸟类长居于此，它们慢慢地接受了我们这些"不速之客"，从此和谐相处。

花园主打花

蜀葵成为鲜花山谷的主打花，想来是命中注定吧。我们查阅大量的资料，了解蜀葵的习性，分析山谷的气候、泥土条件，老公还有个大胆的想法——既然选择了蜀葵花，那就把散落在世界各地的、所有种类的蜀葵花都带回家，带它们回到蜀地，扎根故土。我们满世界地收购种子，从此鲜花山谷成了各类蜀葵的家。最耗费精力的工作是对中国蜀葵新的认识和了解，我们在浩如烟海的故纸堆里寻找中国蜀葵的身影。它的前世今生、历史文化，什么人写过它、画过它、唱过它、拍过它的电影、出过它的邮票等等，最后我们终于把植物学教

科书给颠覆了——此前有专家学者著书立说,考证出蜀葵于1573年传入欧洲,并被编入《花卉学》大学教材,而我们经过反复考证发现,提香于16世纪五六十年代画的一幅油画《人类的堕落》中,已经出现了蜀葵的身影。画面是在苹果树下,亚当、夏娃用橄榄枝叶遮羞,蜀葵花正开在伊甸园里。老公的这个发现颠覆了蜀葵花引种到欧洲的历史,他激动得整宿都没有睡着。

多年来,蜀葵成为我每天生活的一部分,我想用更多的时间去认识了解这朵处处可见、普普通通的花。受我影响,在北京的亲人若是在街巷的拐角、胡同的道旁见到蜀葵也是激动万分,拍了照片发给我瞧,我们之间的纽带除了血缘,又多了蜀葵花。家人说在北京偶然看见蜀葵,便会想到在四川的我。

现在，已经有越来越多的人喜欢甚至爱上了蜀葵，我们的守望不再孤独……

继在鲜花山谷把蜀葵种成了中国乃至世界第一之后，我们又跃跃欲试，种植第二种主打花。这次我们选择了木本植物的成都市花——芙蓉。成都市植物园是芙蓉花研究方面的世界翘楚，于是我们就和植物园开始了紧密的合作，申请了一个收集研发芙蓉的项目，从14省（自治区、直辖市）112县（市）3200点位，把中国几乎所有的芙蓉品种都引种落户到了鲜花山谷，在此要特别感谢植物园的鼎力成全。鲜花山谷又荣获了一个世界上面积最大、品种最多的芙蓉花园冠军称号。

鲜花山谷诞生的第三个冠军是中国原生百合保护园，这也是世界上唯一的中国原生百合保护园。中国是百合花的故乡，拥有55种、18个变种，占世界百合花品种的一半以上。我们现在的原生百合保护园已经收集有帝王百合、泸定百合、川百合、宝兴百合、卷丹百合、兰州百合等，正在向囊括

全部品种努力。现在鲜花山谷有几十万株百合,种下它们的那一刻,感觉就像种下一颗颗带着香味的金子。日月更迭,鲜花常伴,好不自在,不知在这山谷虚度多少光阴。而每年我的生日,就是泸定百合闪亮绽放的日子。

除了土地上的原生植物和主打花,我们还按年度季节分别种了鲁冰花、波斯菊、虞美人、矢车菊、滨菊、硫华菊、金鸡菊、大丽花、满天星、风信子、大花葱、芙蓉葵、木槿、苘麻、黄秋葵等,鲜花山谷,四季开花不断。

多肉王国

入住花园之前，我就开始养多肉植物了，因此带着它们一同入住鲜花山谷。植物回到了大自然中，它们自然是喜悦的，回到家乡的那种喜悦。多肉们心情好了，吃得好，喝得好，空气也新鲜，没过几天颜色就更加艳丽，我能感觉到它们在对我表示感谢，我何尝又不是在感谢它们呢！多肉们都喜阳光，为了能追上太阳的脚步，我给它们做了质朴典雅的纯木专车，让多肉们坐上去，随时追逐着阳光，后来专车成了露台上的移动花台。春天和秋天是多肉生长的黄金季节，它们长高长大变美，自然脱落的叶片，掉在泥土里，又孕育着新的生命。

有一天夜里，我不小心打翻了一盆多肉"爱之蔓"，我和老公连夜抢救，给多肉翻盆，没想到在泥土里竟埋藏着30多颗爱之蔓"宝宝"，我们像挖到金子般欢喜。小狗能感知到我们的心情，在一旁蹦来蹦去欢呼雀跃。我们打开音响，伴着音乐开心地慢慢挖藏在土里的爱之蔓宝宝，挨个儿分盆。那天夜里满天繁星，我们在泥土里寻找"金子"。

　　花开之后，收种子也是一件过瘾的事，觉得自己特别富有。我还超级喜欢花花们的种荚，一般都是卡其色的干枝丫状，剪下来，放花器里，直接当干花摆，特别漂亮。最喜欢的是虞美人的种荚，像蕾丝图案，还有桉树的种荚像螺丝钉，香椿的种荚像木蜡花，黑种草的种荚像棒棒糖，大花葱的种荚像烟花。现在我的工作室不仅有鲜花，还有别具意趣的各种种荚，它们是花朵将生命转换为另一种方式后展现出的美。

最让我喜出望外的是大花葱、绣球和满天星。欣赏完它们的盛花后，剪下来放房间里，逐渐从鲜亮变成卡其色的自然干花，成为房间里永久的美丽，漂亮得无法形容。

主卧外面是一个大露台，我把水泥地面涂成彩虹条纹，很是亮眼醒目。露台西面，安装了盥洗池、料理台，供我玩花弄草、折腾多肉。玻璃窗是和这幢房子的格调一样的白格子窗，门是最原始的木门，门锁是最质朴的木质别棍。把门涂成我喜欢的天蓝色，很托斯卡纳风。

露台的东西两侧加修了梯步，沿着长满翡翠般青苔绿草的梯步而下，就是我的花园自留地。用竹子、木棒做了围栏，还装上一道格子木门，其实没有什么门的功能，纯粹为了装饰，点缀出乡村的味道。种上我最喜欢的绣球、天竺葵、酢浆草、风信子、月季、蔷薇、紫藤、牵牛和各种香草，还种了玉兰树、迎春、海棠以及蜀葵、百合、芙蓉花。留白处铺上绿油油的草坪。把一些皮实、耐热耐寒的多肉植物种在一个小山坡和 N 只废弃的鞋子里纯露养，任其自生自灭，结果长得非常强壮。这个小花园就像是我的修行道场，整天撅着屁股在里面忙碌，甚至让我都有把腿变短的愿望。花草植物，让我感觉生活空间到处是翅膀，边做园艺边听着音乐，能倒空大脑。我很喜欢自己的小花园，它是我自建的王国，我是这个王国里的女王。

酢浆草，是最省心的好孩子，个个长得健康茁壮，该开花开花，不用操太多心，还能自我繁殖，成了我的最爱之一。现在我的小花园里已经有了 50 多个品种的酢浆草。

为了增加花园的色彩，我不仅种植各种花草植物，还把涂鸦的彩色石头摆到花园的地上，把干树枝丫也埋进花园土里，用砂纸打磨后，涂上各种颜色，挂上愿望，

花园顿时五彩缤纷。还做了一些小景，鹅卵石脚丫子、拼图、爬藤梯架、鸟笼等等。艳阳下，花草虫鸟，尽情地莺歌燕舞。

非职业画家

幸福不过女匠人,专注做一些事,无所谓结果是否成功,起码对得起光阴岁月。

我又恢复了写日记的习惯，每天与自己交谈对话，才发现与本心已经疏离太久了。

一个女人能住在自己老公亲自设计的房子里，是最幸福奢侈的事了，我很满足。因为我们都是外行，房子建得不是很精美，但有我们自己的格调，我们种花修草、手绘涂鸦，DIY各种物件，鲜花山谷独有的味道渐渐形成。

我们把房子四周种满花草和攀缘植物，月季、蔷薇、紫藤、牵牛花等，乌泱泱开着五彩缤纷的花，包裹着我们的家。拾级登上六级长满青苔的台阶，就到了屋檐走廊，摆有小憩桌凳和一些花草、南瓜、鹅卵石等装饰品。推开大门就是鲜花山谷的会客厅，老公在这里办公。大门对着的一整面墙，是用红砖和纯木混搭的书架，摆满图书画册、石板刻画和眼花缭乱的摆件，这种"杂乱的美"，后来成了来鲜花山谷打卡拍照的背景墙。

房间的门窗、墙面、地面，全是我的画布。淘回来的坛坛罐罐、拾回来的大小石头、厨房里盛菜的盘子都成了我笔下的精灵，一番创作，杯碟石子、坛罐朽木华丽转身，以"伪古董""伪艺术品"的身份，重新上岗。盘子变成青花瓷，石头变成奢侈品和各种装饰品。老公调侃说让我在青花盘、石头底下签上名、标上价。我一直有青花瓷情结，这回能自己画，过足了青花瘾，想要什么图案的就画什么图案的、喜欢

哪个朝代的就画哪个朝代风格的，感觉自己特富有。后来母亲来到山谷，看到我画的青花图案后竟然激动不已，原来，她的嫁妆就有青花瓷瓶、瓷盘，看到我画的盘子，勾起了她年轻时的记忆，异常兴奋，从不爱夸女儿的她竟然夸了我，让我受宠若惊。

画的青花盘子和石头，有想收藏的、有想"打土豪"的，我可舍不得，摆在工作室里别提多拉风了。

我还给老干丝瓜穿上各种图案花色的"衣服"，成了朋友们争先恐后索要的礼物。我们村的小学还请我带着花里胡哨的老干丝瓜，给孩子们讲课，教他们涂鸦。

画石头上了瘾，有段时间，我只要走在鹅卵石地上，眼睛就贼溜

溜地满地寻摸，像工兵取雷。拿回来先清洗，之后就开始肆意地创作，有脸谱、花鸟鱼虫、蕾丝图案、脚丫、鞋子以及LV、星巴克、BURBERRY等一些名牌图案，老公看后着实吓了一跳。其实我只是想增加一些石头图案的品种，并没什么特别的意义。老公说等哪一天那些大牌老板来到鲜花山谷，看到我这些鹅卵石作品，非给我广告费不可，要不就给高价收购了。我每画一个，老公就给定个价，全是百千万的价过嘴瘾，感觉他比我还有成就感。常有人问这些石头卖不卖，老公说不卖，要攒够100个给我办场展览。真没想到画石头都能画出个展来。塔莎奶奶要是当时不画插画，画石头可能更出名更赚钱，毕竟连我这个"菜鸟"都有人要买我画的石头。

一个当初盛黄酒的土罐子，我给它涂上了我最喜欢的孔雀蓝，土罐子瞬间提升气质，变身贵族在花园里当园艺饰品。鲜花山谷让我的生活平和而充实，什么复杂的事都能踏实安静地完成。有一天我突发奇想，把鲜花山谷公众号的二维码画到了一块纯木板上，摆在工作室里，特别耀眼别致，又方便来人扫码关注。做完这件事，感觉没有做不了的细致活了。老公开始不支持我画那个二维码，他觉得那是和登珠峰同等难度的事，当我完工后，他箭步走来扫码，即刻跳转到了公众号页面，这次他彻底服气了。

鲜花山谷让我过上了最奢侈的绿色环保生活。自己制作各种果皮、香草味的洗涤剂、沐浴液、洗发水、手工皂，过程相当愉悦、享受。

纯木用品、摆件与花园最搭,刻不容缓请了一个木匠师傅帮我们定制纯木制品系列。最先做了一张纯木长条桌,圆柱木腿,不规则长方形桌面。这张桌子放什么都好看,特别是面包、甜品摆在上面,吃起来觉得味道都不一样了。

接着在卧室、卫生间制作了纯木装饰梯。横

梁搭上木板,把毛绒公仔、包袋都挂上去,既实用又好看。卫生间里的纯木装饰梯用来挂浴巾、毛巾等卫浴用品,质朴美观实用,有格调。

原木万年历是我最得意的创作之一,把图纸给木匠师傅做好后,我往上面写上年月日和数字,就大功告成了。大大小小的桃木、梨木、柏木、青

冈木的原木万年历，摆满整个花园和工作室的各个角落。一进鲜花山谷的大门，就能看见一个原木万年历，很多游客为了记录游览日期，都和它拍照合影。

做了好多各种形状带把手的木砧板，把它们挂满一墙，是我最喜欢的用品兼摆件之一，切面包的时候特开心。

不锈钢餐叉也变身门把手、挂钩之类的闪亮上岗，安装在露台、工作室、卫生间，来人没有不喜欢的。

木匠师傅照我给的图，制作出各种形状的纯木鱼，我完成最后的化妆——上色、绘画、涂鸦，然后把画好的木鱼钉在木棍上，种进花园地里，成了一条木鱼小路，很多人喜欢在那里留影。

还做了一个拍戏板,木匠师傅制作出来,我完成最后的拍戏板定格。鲜花山谷的拍戏板是这样写的——片名:鲜花山谷;导演:周小林;制片人:殷洁;内容:花园爱情。后来这个拍戏板成了工作室的摆件,有N个摄制组用过。

　　最珍贵的两个纯木作品当属一进花园大门就能看见的超大"鲜花山谷"招牌，宽8米、高2.3米，中间镶嵌着凸起的纯木"鲜花山谷"中英文字，伫立在鹅卵石基座上，历时20多天才完成。另一个是纯木指路牌，字是凿刻出来的，颜色是我亲手涂

鸦的，成为鲜花山谷的珍品。

　　花田里的花名牌，也都是纯木的，用木棍固定，插到地里，既介绍了花，又有装饰效果。上面的字都是我亲手写的，看着自己写的木牌立在花田里，还有点不敢相信。

此外，废弃的铁皮文件柜，涂鸦上了我最喜欢的天蓝色，很醒目、跳跃，效果就是我想要的。马上把咖啡杯、红酒杯、茶具装进去，在外面做上标识，成了露台的一景。

废旧的轮胎被涂鸦上各种颜色或者画上花纹图案，放在小花园里种花，十分别致。用完的洗衣液桶，用刀子把它们变身成N种铲子、花器。

DIY各种好玩的东西，成了我花园生活的一个重要组成部分。老公说你这么搞下去，还让不让人家搞园艺装修的人活呀！

幸福不过女匠人，专注做一些事，无所谓结果如何，起码对得起光阴岁月。

鲜花山谷的宠物们

每天最幸福的事就是和老公一起带着猫猫狗狗们逛园子,浩浩荡荡的逛园子队伍,是生活送给我们的礼物。

鲜花山谷的宠物们

花园的主人除了我和老公,还有很多猫猫狗狗。

"丑妹儿"是一只棕色贵宾狗,和我们一起入住鲜花山谷,是山谷开荒的元老。后来丑妹儿成了鲜花山谷"第一乖",超级争宠,骨子里就有一种先入为主的优越感。其实它是最弱小的,谁也打不过,但是最霸道,大家都让着它。平时和其他猫猫狗狗都能和平共处,但丑妹儿哪天说不痛快,就和别人翻脸,人家都是一跑了之,不和它计较,丑妹儿为此特有成就感。其实真打起来,它谁也打不过。有一天,院子里出现了一只别人家的猫,它猖狂地跑过去吓唬人家,那猫原地不动,不吃它这一套,丑妹儿傻眼了,扭头自己跑了。其实丑妹儿是一个特别温柔胆小的"小姑娘"。

2014年巴西世界杯足球赛期间,花园又收养了一只拉布拉多"小男生",当时起名"C罗",是一只两个月大的婴儿犬,白色,黄眼睛,特别憨厚墩敏。见到任何人都高兴地摇尾巴，超级友善。丑妹儿从最初C罗还走不稳路的时候，就开始欺负它，后来C罗长成大狗，比丑妹儿体型大四五倍，丑妹儿仍然欺负它——其实C罗是让着丑妹儿呢！世界杯期间，因C罗表现不佳，我们给拉布拉多改名为"多多"。

还有一只英短银渐层，叫"毛毛"，是后来的家庭成员。原来我不喜欢猫，但是生活在这么美的

花园里，不养猫狗就太可惜了，于是有了再养只宠物猫的想法。机缘巧合，毛毛成了我家的猫宠，不养不知道，一养就爱得不行，根本放不下了。毛毛的确是一只超级乖的猫，特别有贵族范儿，温和脾气好，从不和小伙伴们争执计较，哪怕是它最爱的吃的、玩的，甚至它的窝被小伙伴们抢占了，它也无所谓。毛毛待人很友善，家里来朋友，它像狗一样上前打招呼，摇尾巴示好，谁都可以抱，特能卖萌，尤其喜欢身上有香水味的人，成为鲜花山谷"第二乖"，外号"会来事"。

"丑小花"是一只中国狸花猫,两个月大时以防鼠猫的身份上岗的,后来还不到1岁就做了五胞胎宝宝的妈妈。哺乳结束后,我们把它的两个儿子留了下来,和妈咪一起执行花园的防鼠任务,三个女儿则送人了,小花同时做了节育手术。术后的小花特别温柔可爱。留下来的它的两个儿子叫"丑小朵""丑小乐",转眼之间身高体重都超过了妈妈。它们因为是母子,要比一般的猫咪感情好,尤其是妈妈,总是呵护着、让着两个儿子。儿子都快半岁了,还吮着妈妈的乳房睡觉,我看得心里好温暖。

后来又从别处跑来一只黄色小猫咪,我们给它取名叫"黄小帅"——名字像个小伙,却是个正宗的姑娘,后来做了丑小花的儿媳妇,来了不久就生了五胞胎猫娃。婆婆跟儿媳妇关系不是太好,对孙子孙女倒是蛮喜欢的。

猫猫狗狗们都爱死山谷了,这里空气好,跑得痛快,还有很多它们最爱的植物、石头。鹅卵石之于丑妹儿如同钻石之于人。狗尾草是猫咪最爱的零

食。来到花园,它们就像酒鬼掉进酒缸里般陶醉,啃得满嘴草,滚得满身泥,边啃边哼唧。它们是花园里最幸福快乐的、自由自在的精灵,整天在花园里尽情地晒太阳,嬉戏玩耍、无拘无束,又超级有组织纪律性。吃饭的时候一叫就回来,整齐地排着队等待我的喂食。吃的时候队伍都不乱,一字排开,特有规矩,所有人看到它们吃饭时候的阵势都会被感动。

每天最幸福的事就是和老公一起带着猫猫狗狗们逛园子，浩浩荡荡的逛园子队伍，是生活送给我们的礼物。逛园子时最快乐的是猫猫狗狗们，它

们总是兴奋地跑前跑后，一会儿像小马驹一样狂奔，一会儿在地里磨蹭着闻这闻那，像快乐的小顽童。有时我们下地干活，猫猫狗狗也来助阵。很多朋友都好奇,我们家猫咪怎么能乖乖地和主人一起工作、散步,每天和我们一起迎朝阳、送夕阳,我说它们都是我们的家庭成员呀!

每天的视野都不同,每天的心情都是感恩,每天都觉得自己能过上这样的日子,太有福气了。

漫步在鲜花山谷的田野里,闻着久违了的泥土香,看着小路田埂上的小草野花,我知道我们已经回到了土地的怀抱,回到了梦一样、诗一般的大自然。喜欢做一个安静的女人,过寻常的日子,徜徉在一本书里,感动着自己。剪春光静美,挽阳光明媚,文字里写意,淡淡的香茗一杯,静静地与时光对饮。每天身上都沾满了泥土,耕田、种花、锄草、间苗、浇水成了生活的主调,城市的记忆渐渐模糊。心回到了魂牵梦绕的故乡,感觉从未有过的踏实。

慢 生 活

花园空气清新，昼的标配是蓝天白云、灿烂阳光，夜的标配是黛蓝色天幕上晶莹璀璨的星星、银盘般的月亮。

园子里几乎所有常见品种的果树都有，加上我们自己建了一个菜园子，一年四季，鲜嫩丰富的果蔬不断，过着按季节吃蔬菜水果的日子。虽然有些品相不佳，甚至带着虫眼，但味道纯正极了。

成为花农，最大的改变就是每天都要看看花田篱下的作物长势和变化，没去看心里就觉得欠欠的。见到草就忍不住地想拔，地道的花农思维，这种变化让我有种重生的感觉。

花园空气清新，昼的标配是蓝天白云、灿烂阳光，夜的标配是黛蓝色天幕上晶莹璀璨的星星、银盘般的月亮。花园主的皮肤是小麦色，居室是有落地窗、带露台的大房子。鸟叫虫鸣是背景音乐，美食是家常菜，红酒每天喝，咖啡是现磨现饮。酒器、咖啡机、烤箱一个也不能少，一个也不能凑合。

每天在鸟儿的歌声中睡到自然醒,起床后边喝咖啡边在露台眺望。有时候我也会穿着睡衣去弄份最简单的早餐,一般就是黑咖啡加两片烤吐司,然后在床上慢慢吃。我觉得这样的早餐是一份时间的礼物,感觉特别奢侈和享受。之后起床逛一圈院子,探班一下在地里劳作的农民和混迹在农民队伍中的"伪农民"——老公。每天15点准时开启下午茶,在露台的纯木桌子上,摆满各种美食,有我烘焙的甜点、三明治、牛角包,有老公烘制的琥珀坚果系列和"周大饼"系列,搭配各种茶、咖啡。每天的晚餐是我们的大餐,这顿餐是最认真吃的,都是用当地地道的农家猪肉、土鸡、鱼做食材,料理本着原汁原味的原则,尽量保持食材的原始口感,最后是清水煮我们自己菜地里的新鲜蔬菜,喝蜀葵酒、红酒,边吃边聊,不亦乐乎。人的一生,就那么多天,就能吃那么多顿饭,我们尽量把每餐饭吃好吃精致吃健康,同时吃出美味。

我们这里没别的,就是地大房大,衣帽间都有20多平方米,每天从衣帽间取下要穿的衣服时,心中都忍不住暗喜。

当地人的生活用水是一家一口井,我们入乡随俗,也打了一口50米深的井,再加一台净水机,让井水变为直饮水,花园生活的饮水提高了N个档次,从此对桶装水说"拜拜"。听到城市有雾霾报道时,我们坐在鸟语花香、空气清新的鲜花山谷里都不敢太过得意忘形。

在自己的花园里拥有属于自己的秋千、吊床,一直是我的一个梦,觉得这是件浪漫至极的事情。现在都已梦想成真。我没事就陶醉地坐在秋千上,狗趴在我的腿上,老公在后面把我们俩推摇起来,我和丑妹儿幸福地荡来荡去,闭上眼感觉这份公主般不真实的浪漫。丑妹儿刚开始有点瑟瑟发抖,不知道是吓的还是激动的,后来就泰然处之了。

入住花园后，把扔了几年的吉他也拾了回来，每天在花园里坚持练琴，特别快乐和享受。我自弹自唱的吉他表演，上过好多媒体、电视台的节目，但请忽略我的弹唱水准。

一个世界级的打击乐"大神"朋友，送了我一套漂亮的爵士鼓，来朋友我就给表演自唱自打爵士鼓伴奏的、我最喜欢的一首歌《农夫渔夫》，歌词被我"篡改"成：如果有一天我能够拥有一个大花园，我愿放下所有追求做个农夫去种田，每一个早晨我耕耘在绿野田园，每一个黄昏我守望在乡间的花田，我会把忧虑都融化在夕阳里，让孤独的心等待花开的欢喜。如果那个时候我身边没有朋友，我不介意谁会来给我一个周末的问候；如果那个时候我依然牵着他的手，我们会幸福地坐上树枝头……"

在花园里我的才艺表演还有杯子舞、打快板，每次都得到雷鸣般的喝彩。

阳光灿烂的日子，我的房间被太阳包围着，温暖明亮，生物钟开始调整，一大早就被太阳照醒，懒觉也没了。拉开窗帘，阳光倾泻而进。推开房门，满露台的璀璨光影，多肉们狗狗猫猫们全张着大嘴又吃又喝的，嘴都笑弯了。家庭主妇般的我忙碌着，把该见光的都拿到露台上晒，个个心里都在感激我，全都咧着大嘴笑着吸吮阳光，我和它们一样快乐享受。我们的被子也有福了，在空气洁净的阳光里酣睡，晚上我们闻着太阳的

味道入眠。晒被子特有做主妇的美好感觉，这是原来从没有过的幸福。猫狗也是阳光下的猎手，它们一看到自己的窝在露台，就会一屁股坐进去，绝对不会认错自己的窝，不一会儿就被太阳晒得睁不开眼，美美地睡起阳光觉。

鲜花山谷晴朗的夜晚，我们会把院子里的灯都关掉，赏月观星。没有月亮的通明之夜，是星星的舞台。晶莹璀璨的星星，像一颗颗钻石镶嵌在黛蓝色的天鹅绒上，闪闪发光。隐约还可以看到银河系。月朗星稀的夜晚，皓月当空，星星成了配角，低调地默默陪衬着月亮。镀银般的月亮张扬地洒下如中午太阳光般浓度的冷调银光，整个花园像点了一盏天灯，把露台照出黑白分明的轮廓，像阳光洒进来般让人产生错觉，明暗反差强烈，甚至可以在这样的月光下看书。万籁俱寂，只有风和水醒着，湖面氤氲着一团薄雾，我们在这样的氛围里话都不敢讲，安静地融入其中，生怕打扰了这份宁静。有的时候月亮出来得比较晚，我已经进了被窝，老公总能屡试不爽地把我从床上诱惑起来，带着我看月亮。再回到被窝时，魂儿却落在了月宫，怎么也睡不着了。

城市里的光污染，让星星们美丽的身影消失在霓虹灯里，是当今人类的一大憾事。浩瀚夜空中的星星们泛着不同的蓝光、黄光、白光，从遥远的亿万光年而来，与我们在鲜花山谷相遇。只要有星星月亮的夜晚，我们就一定不会错过，非常入迷上瘾。不过这样美丽的夜空，如果出现在初冬的季节，会让我忧伤，因为它是打霜的夜。花园里我们的花宝贝们受不了霜打，一两场霜就会要了它们的命。好在我们的最爱蜀葵是"花坚强"，不怕霜打，被霜装扮后的蜀葵花变成了穿着婚纱的新娘。

有雾的日子，金色映衬着朦胧的蓝天，湖泊迷失在雾中，鲜花山谷变成一个神秘缥缈的仙境，走在其中像飘在云里。晨曦袅袅，浓雾中的景色尚不分明，唯可见近处枝叶上的露珠晶莹欲滴。稍远处便只剩得朦胧剪影，混混沌沌交织在一起，

抬首望见的穹顶也似被罩上了一层轻纱。晨光熹微，万籁俱寂，时光似静止于此处，光与影被温柔地隐匿起来，如此沉静，只当一枕清梦初起。

鲜花山谷的日出、日落和月出都非常神奇美丽。一般日出我都是睡眼惺忪，穿着睡衣走到露台，被眼前山顶上一个柔和的粉红色大圆盘惊醒，它有时从山下跳上山顶，有时从云缝里钻出亮相，穿着橙红色的柔和衣裳，迎合人眼的接受度，逐渐耀眼上升，直至倒映于湖面，射出太阳的光辉，普照世界。我每次都静静等待那突如其来的火焰，在这样的氛围里如醉如痴。这样的情景我们不舍错过一场，场场都令人心跳加速、热血沸腾。

鲜花山谷的早上经常会出现两个披头散发、穿着睡衣的人，睁着被惊着的大眼睛，站在露台上观日出，如果你不小心看到，千万不要以为是两个从精神病院跑出来的病人。

日落的时候天空变成柔和的橘红，燃着深红色的火苗，血红一片，把夜色中的树影勾勒出象形文字或虫雕图案，神秘而悠远。我们用剪影的姿态与它合影告别。

记忆中遇到过一次超级大月亮的大雾夜晚，花园湿润得像雨林，但不妨碍月亮的亮度。我和老公、猫猫狗狗们走在虚无缥缈的园子里，雾里看月，感觉身处梦境。手电筒的一柱光雾更加恍惚迷离，后来都不知道是怎么走回现实的。

最神奇的一次月出，是在一个腊月二十二的晚上，上夜没有月亮，星星出奇地多又亮。快到12点的时候，一轮粉月从花园东南面的山后徐徐升起，把我和老公都看蒙了，不是日出胜似日出般的粉月亮，让人终生难忘。

雨天，我喜欢坐在落地窗前听雨。窗外雨雾把花园氤氲成一幅水墨山水画，园子里的安静，让雨滴奏出最动听的钢琴曲。

从来没有这样近距离地亲近过土地，从来没有这样用心地关心过土地里生长的各种植物。它那么低调安静，你在不在意它，它都默默地在那里，永远保持土的姿态任万物生长，无限宽容伟大。城市让人们离土地越来越远，人类对土地的敬畏越来越少。城市的土地上种满了各式各样的高楼

大厦，对城市里的人而言，接一点地气已经是一种奢侈。越来越多的人离开乡村，离开他们熟悉的土地涌向城市，乡土中国已经转变为城市中国。当"城市，让生活更美好（Better City, Better Life）"成为一句口号的时候，我想真正的美好生活应该是洁净的水、清新的空气、无污染的土地、优美的自然环境。

人类的日常生活时时刻刻都与植物相连，从吃的米饭、蔬菜、水果，喝的茶，到我们穿的衣服、盖的被子、用的纸张等等。然而，我们对植物的关注和敬畏却越来越少。在五千年悠久灿烂的中华文明的历史进程中，我们的祖先留给我们最珍贵的物质遗产，就是一代又一代的先辈们利用华夏大地上丰富的植物资源，为我们识别、驯化和培育的如此众多的有用植物——以大米、大豆为代表的大田作物；以茶叶为代表的经济林木；以桃、李、杏为代表的果木；还有各种各样的蔬菜、各种各样中草药，以及种类繁多的花卉和观赏树木。它们保障了我们的食物,护佑着我们的健康,美化了我们的生活,它们是中华民族生生不息延续至今的基石。作为中华民族的子孙,我们应该深深地感恩我们的祖先;作为地球上的人类,应该深深地感恩东方的中国。

在对祖国西南横断山域高山野生花卉进行考察和对鲜花山谷区域内乡土植物做调查时,每当认识一种原来不曾了解和识别的植物我们都会异常兴奋——又认识了一个新朋友。珍爱我们身边的植物吧!因为植物会与我们相伴一生,它们会让我们的生活更有意义,会带给我们更多的美好、更多的快乐!

我们现在吃的小麦粉、玉米粉，原材料都是当年新收的麦子、玉米，用磨盘现磨现吃，资格的原汁原味。我们还加工出一些面条，一坨一坨地冷冻在冰箱里，余下的晾成挂面。吃到嘴里，那个麦香味呀，就别提多香了。我烤面包的水平很一般，但架不住我家的麦粉好，无人不说我烤的面包好吃，关键是吃到嘴里很放心。

原来吃到纯正的土鸡很不容易，现在却成了我们吃鸡的标配。炉火上慢慢地炖着，伴着咕噜咕噜的煲鸡汤乐声，瞌睡在这美妙的背景音乐里，做的全是流口水的梦。

豆浆是用当地农民种的品相不好、大小形状各异的土黄豆打磨的，味道特别纯粹，完全就是小时候胡同里卖油饼的小吃店里的豆浆味道，熟悉又陌生，心里像触到一块柔软的感动，还有些穿越。

后来我又学会了烘焙，把馒头、面包、麦片、芝士、水果变成了一首首芬芳的诗。

午餐后的场景是：我在洒满阳光的工作台边"沾花惹草"，老公在我眼前的露台沙发上晒太阳、打瞌睡，脚边睡着晒太阳的猫猫狗狗。老公这时候经常会得意地自言自语："什么是幸福呀，这就是幸福。老婆抬眼就看得到，猫狗卧在脚边，晒着太阳，喝着茶，眯着睡眼，其实幸福很简单。"我听着他的感叹也心生幸福滋味。拿了件他的衣服给他把脸盖上，不然睡醒之后，脸要掉层皮。顺便闻一闻他的耳朵——老公耳朵的气味是我的最爱，有一种说不出的果香。

我们的佐餐酒是自制的蜀葵花酒。用当地农民自酿的50多度的五谷白酒，泡上蜀葵花，再加一些冰糖，窖藏两年后，就可以喝了。当然窖藏四五年或者七八年的年份酒更是蜀葵花酒的精品。

　　蜀葵花酒清热解毒、润肠润肺、活血安神的功效，让我的胃肠道特别通畅、干净，真的很神奇。现在我都离不开蜀葵酒了，不知道的还以为我成酒鬼了。

入住花园后吃得也比以前多了，一是花园的空气好、水好、心情好，二是每天吃的都是生态天然的食材，特别是农家饲养的土猪肉，超级香。我们经常就用白水煮肉片，再加一些蔬菜，蔬菜和汤很甘甜，肉片蘸上调料吃很下饭，有小时候吃到的那种猪肉的香味。能吃上这么香的猪肉是来乡村生活的口福。

我们俩最爱、常备的零食是红糖沙琪玛、南溪豆腐干、稻香村油炒面、北方馒头、北京烧饼、葡式蛋挞、牛角包、三明治、比萨饼、拿破仑面包、牛轧糖、朝鲜冷面。最爱喝的茶是顶级茉莉花茶——碧潭飘雪，肉吃多时也会泡一壶普洱，帮助解腻。

还有一套朋友送的卷烟器，成了来鲜花山谷必须体验的一个特别节目。抽烟的不抽烟的，都会享用一根。卷烟器配有英国香烟丝和空烟壳，把烟丝码放在甬道上，空烟壳就位待装，一拉卷烟器，一根香烟就完成了，过程很神奇好玩，像变戏法一样。抽上这样一支园主亲手制作的香烟丝卷烟，满屋子弥漫着甜甜的奶香味，很享受。

鲜花山谷的布艺装饰全是蓝印花布风格，我的库房永远都备有蓝印花布，它和花园特别搭。

鲜花山谷的天空多数时日都是明媚澄澈的，有时候能见度可以达到30公里，就像是一个透明的花园。山谷里的花草植物都特别干净，窗台桌面木地板上几乎没什么尘土，特别不真实，颠覆了我的认知，好像我们不是活在地球上。

鲜花山谷的生活是从没有电视、报纸、广播、网络开始的，感觉真正地与世隔绝了，难得的净土。还没过够瘾，就丰富了起来，这就是中国的社会主义新农村，和城市没什么差别，村村户户通路、通电、通水、通气、通网。我们入住花园的消息一传出，朋友们就开始送电器，55寸的电视、双开门的大冰箱、落地大空调、高级音响，还有送沙发、椅子、麻将机的，让我感动得一塌糊涂，心里别提有多温暖了。

电视机是前一天晚上在北京订货付款的，付款的人影儿都不露，第二天电视机就被送货人安装到鲜花山谷的工作室了。这个世界真是太神奇了，出其不意，惊喜离奇。记得刚开始住在鲜花山谷的时候，还有点不适应，村镇的东西不适合我们，一次团队的人去成都办事，带回好多补给——画画的颜料、面霜、沐浴液、洗发露、洗衣液、卫生纸什么的，我们欢喜得像孤岛上的人迎来文明世界的使者，幸福了好几天，这是久居城市无法得到的快乐。现在网上没有买不到的东西了，隐居在乡村，从容享受"宅时代"。

我是个冰箱贴控，以前住城市的时候特不尽兴，现在住上了有露台的大房子，可撒了欢儿地尽情折腾了。朋友送的双开门大冰箱刚一就位，我就贴满了冰箱贴，搞得没有一点留白。还在露台墙上装饰上原木铁板相框，过足了冰箱贴瘾。我手绘石头自制的冰箱贴最受夸奖，也就免不了遭到"暗算"。

平日里常有朋友送温暖来，米、面、油、水果、咖啡、茶、零食等等，最多的是送书。还有没见过面的粉丝网友送来他们的心爱作品：泥趣园的手工DIY的陶艺作品，上海林小峰夫妇制作的花园挂历，上海仙燕的多肉植物，安其所安的植物书，青岛朋友的青岛啤酒，邺子的湖南黑茶，胡大姐的莲花香米，吉林安老师的东北百合……把我们感动得眼睛一阵阵潮湿，感到世界到处充满爱。其实建设鲜花山谷这座优美花园，不仅是我们的梦想，也是大家共同的梦想，是大家帮我们完成的，心生无限感动。

做私家花园主就是任性。我们每天都从花园里剪一些花草回来装饰屋子，到了12月份，园子里已经没有多少蜀葵花了，有些还被霜打了，但老公还是隔三岔五地给我剪几枝，放花瓶里水培。这就是玩花园的奢侈。其实我们也有点心疼，但想想又有什么比快乐幸福更重要呢？房间里只要有鲜花，气场就变得生机勃勃，让人不得不感叹植物生命的力量和魅力。

花园工作室到处都是鲜花绿植干花,像花房般温馨漂亮。过去这样的生活氛围全是我的梦境,现在都是实实在在的日子,我经常觉得不真实。

买了很多大大小小、形状各异的水培瓶。现在这种瓶子做得真是漂亮有创意。灯泡瓶是我一直想拥有的,还没来得及用灯泡DIY呢,就有卖的了,一口气买了十个,特过瘾。逛园子时我是贼不走空,随手就挖棵花草回来,把根洗干净,

放进玻璃瓶水培,那些漂亮的水培瓶跟了我也是它们的福气,天天有花草装饰。

妈妈把她用了几十年的木线轴给了我,带回鲜花山谷我就给画上了蕾丝图案,再把线缠绕在上面,既精美又实用,感觉用线时,心里都是美的。

木匠刚给老公做了一个纯木手机座,还没放热乎呢,趁老公午睡,我就给画了,手欠得"时不我待"。

我每天盼着出太阳,我的肉宝贝们喜阳光;老公每天盼着下雨,他的花花口渴。所以阳光灿烂的日子和下雨的日子,都是我俩的好日子。

鲜花山谷里有一个荷花池,我们每年都要下去采莲蓬、捉大蜗牛。男士下池,女士在堤埂上接货,大家开心得像回到了小时候。有一次正赶上广东亲友团在,他们给我们料理了一道蜗牛大餐,好吃极了。狗狗也跟我们参加这项活动,拉布拉多总是掉进荷花池,弄得像只落汤鸡;丑妹儿又乖又机灵,一步不离地跟着我。

我每天都会带着快乐的心情和老公、猫狗逛园子，每天都觉得自己怎么这么有福气，每天都怀着感恩的心。每次逛园子都不会空手回来，最差也要捡回几片枯树叶，拿回来夹在书里平整着慢慢风干，之后在干树叶片上画出各种图案，有的用木夹子夹到麻绳上挂起来，像一只只枯叶蝶，无与伦比的漂亮，我都不敢显摆，怕有心人惦记。

无论什么季节，小野花总是层出不穷。刚开始是兴奋、惊叹、心跳加速，后来就能泰然处之，变得矜持和仔细观察细节。原来重点是看花，后来对叶子有了更浓的兴趣，才发现里面大有乾坤。有一种姿态谦卑、低调质朴的叫"荠菜"的小白野花，它把种子藏在一个极其精美的三角形叶袋里，挂在花朵的下面。还有一些叶片的形状纹路美到极致，就像是用极为纤细的画笔勾勒出来的。过去真的是忽略了它们的美，其实它们比花更耐看更有味道。

　　月色朦胧的时候，我们会冲泡一壶茶，让白天的劳作疲倦，随汤色一点点淡去。我慢慢地读懂了茶的品格与韵味。当你用心品茶时，茶叶绽放出的美丽、茶香亦是不同。茶之道，茶知道，守一方净土，盈一眸恬淡，因为懂得，所以慈悲。愿每个人，在纷繁世相中不会迷失荒径，可以端坐磐石上，陶醉茶香中。我特别喜欢喝茶的情景：水是沸的，心是静的。一几,一壶,两人,一花谷,浅酌慢品,任尘世浮华,似眼前不绝升腾的水雾,氤氲,缭绕,飘散。后来我还有个神奇的发现,同样的茶,口感却和沏茶人的心情、每一次加水的手势力度、位置曲线有直接关系,茶泡出来的味道迥然不同。后来我把这种感悟讲给一个茶博士听,他瞪大了眼睛,惊讶地握着我的手,激动得说不出话来,那表情好像在说"终于找到知音了"。

喝得最多的就是奢侈品级的黑蜀葵茶,它是一款十分难得的珍稀茶,我们虽然不是什么成功人士,也没有太多银子,但是喝这款奢侈品茶倒是最容易,也算是我们的福报吧。

以前看完书,挺发怵记读书笔记的,都攒了十几本没记笔记的书了。来到花园后,不仅把原来的读书笔记补完,还养成了随看随做笔记的好习惯。

工作室有喝茶聊天区、烤火美食区、工作区,有点凌乱,好在面积大,不觉得拥挤不堪。我喜欢这种有点错落的摆设。

每天都是慢悠悠地生活着,甚至有点磨蹭,也许心理上感觉慢悠悠的日子才是花园生活的节奏,很理直气壮。每天自然醒后还要在暖暖的被窝里磨蹭磨蹭才起床。我是个自由散漫的人,计划书上的完成勾没画几个,在慢节奏的花园日子里"堕落"。

入住鲜花山谷后,我们过着从容淡定的花园生活,没有了焦虑浮躁,模糊了日期节日,完全按节气、农时过日子。吃的喝的都是地里、树上刚成熟的蔬菜和水果,天天都是有仪式感的节日,在远离喧嚣的净土上,恬淡慵懒地永远度假。

刚来山谷的时候,乡村经常停电,我们在蜡烛的光影里围炉闲聊,这时候的花园更显安静,别有一番滋味。每次停电我都抢着去点蜡烛,因为有一次,我拿着点着的蜡烛走过来,老公眼睛放光地看着我说:"你就像个天使。"从那以后,我特别盼望停电。

来此之前,我从来没有吃过刚刚屠宰的猪肉,因此杀猪日的晚餐成了我人生中最奢华的盛宴,吃到了世界上最香醇正宗的猪肉，唤醒了我小时候蹭吃爷爷做的小炒肉的味蕾。

宁静的花园生活就是由一个个普通日子组成的，只不过把普通染上了岁月的色彩。日复一日，早晨自然醒，白天安静地在花田里种花、除草，收工的时候全身暖融融的，心里有种地主和地主婆的浪漫欢喜，这可能就是低调到极致的奢侈滋味吧。与土地为伍，与鲜花为伴，如此原始甘美、平静安逸、清雅恬淡、纯朴自然的乡村生活，让我内心平静至极。

乡村没有宠物美容店，老公亲自给狗狗洗澡，我用吹风机给它吹干，还把我逼成了一个狗狗剪毛美容师。也开始给老公理发，自己就索性梳上了小辫子，和花园很搭，现在都成了我的标配。

我一般很少出园子，变得越来越宅了，必须要出门的事就是去银行给花农们取钱发工资。所以我出园子的最高频率是一个月，有时现金还够发工资的，就是两个月，甚至三个月。

收了好多农民家不要的旧东西，有老秤砣、老木箱子、小磨盘、石臼、石水缸，以及各种各样的土陶罐，摆到工作室和小花园的各个角落。过去别人把多肉种在石臼里我眼馋得直流哈喇子，现在自己可以尽情地往石臼里种多肉。农民家里收来的用完了，我就自己一发不可收地做各种大小不等、形状各异的石臼器皿，种多肉、做烟灰缸、泡花瓣，当各种器皿用。种上多肉的石臼像化了妆，美丽质朴，成了小花园里最亮眼的花器。

一件件以前想都不敢想的事，在慢慢地实现着。最出彩的是两个盛谷子的木箱子，我把它们打磨后，画上老箱子的图案，拉风极了，给我箱子的人看到后都后悔了。还有一张旧木桌子，刚运来的时候谁都说太破旧了，只有我坚持要用。让木匠维修了一下，我又用洗衣粉做了彻底洗刷，于是旧桌子大变身,放在露台上成了一个别致的种花工作台,比新做的桌子要有味道得多,众人都觉不可思议。

我们的食堂是一间三面落地窗的大玻璃房,DIY 了一张长 4 米的原木长桌,常规 12 个座位,最大容量是 16 位。椅子是朋友们淘汰下来送给我们的,是一种混搭效果,坐上去很舒服。唯一的一面墙,挂了一张 1.2 米高、4 米宽的丹巴中路夕阳喷布图。这张片子够大,衬得了这个大房子的一整面墙。衣帽架是把带枝丫的原木棍子插到一个木底座上,非常质朴有格调。这就是我们平时用膳的食堂,拉风吧?

老公是个比较有仪式感的男士,任何节日、生日、纪念日什么的,他都会送我花、礼物什么的,来到鲜花山谷,他可是嘚瑟大发了,每天我都能收到老公送的花。他下地干活回来,总要给我采一束花,没有花他都会采一把野草送给我,记得我收到过老公送的一束白花鬼针草。我每天都把他送我的礼物认认真真地插到花器里，舍不得扔掉，久而久之，满屋子都是干花、干枝丫，成了永久的装饰品，凌乱得一塌糊涂，却让无数人艳羡。

来到鲜花山谷后，我们的生日一般都过两个，阴历阳历都不放过，以获得更多的快乐。常规是枕头底下放一个"生日快乐"大红包，床头桌上的家庭文集本子上，写一篇生日快乐文字，开瓶

红酒，吃点好吃的，简单随意。后来我学会做土司坚果芝士慕斯，成了我们生日的标配蛋糕，大家都喜欢吃，剩下的每次都有人打包带走。

特别豪横的生日礼物要数有一年，我送给老公两棵橙子树。生日当天现挖现买现种到我们房前，现在每年都结好多橙子，边吃边摘，能吃半年现摘现吃的花果同树新鲜橙子，大家都沾了老公的光。

发现附近有一个制作竹制品的手艺人，我们一下订了100件各式各样的竹器，有普通的竹椅，单、双人沙发，茶床等。我自己做设计，由手艺人制作。有一件他做的不是我设计的样子，就先放在了一边，待重新改进。没过几天，我们又去看样品，他一脸灿烂地笑着说，那个失败的竹器已经让一个爱家高价买走了，他很感谢我们的非常规设计。

施肥的日子,最需要雨。老天爷就白天出太阳,晚上下雨,给予我们最珍贵的礼物,对此我们非常感恩。每天晚上只要一听到雨声,我们的心甜得就像吃了蜜一样,特别快乐。

老公下地干活,临收工的时候,我就带着狗狗去花田探班,接老公下班。老公每天看到我和狗狗出现在田地里的身影,都有"老婆孩子热炕头"般的幸福感。狗狗更是激情四溢地像见到久违了的亲人般热烈地扑向老公。每每看到这个画面,我都莫名地感动,甚至会鼻子发酸,很奇妙。

入住花园后,看书有了时间和氛围,我像吃了蜂蜜般惬意陶醉。最喜欢的几本书是阎连科的《北京,最后的纪念》,何频的《杂花生树——寻访古代草木圣贤》《看草》,白茶的《就喜欢你看不惯我又干不掉我的样子》,梅·萨藤的《过去的痛——梅·萨藤独居日记》,又重看了《瓦尔登湖》《沙乡年鉴》《挪威森林》《查令十字街84号》,同时我又爱上了听书、中医、佛经等等,

让花园生活更加精彩有韵味。

入住花园后过的第一个结婚周年纪念日是在2014年4月4日，结婚23周年纪念日。

早上一睁眼就看到老公的结婚纪念日短信："一路走来，23个春秋冬夏，8401个日日夜夜，我们一路相伴走过，太多美好的回忆，让我如此的幸福。感谢上苍的关爱，让我幸运地遇见你。23年的相濡以沫、牵手随行，你给了我太多的温暖，在你爱的目光中，我醉卧在你柔美的心里。一路走来，相爱永远！"好感动好感动。

走出卧室门，又是纪念日礼物——五彩斑斓的一竹篓百日菊，太豪横了，老公太有创意了，做花园就是任性。

晚餐除了加了大菜，使用了大餐厅和喝酒外，我特别要说的是，有一道菜是老公亲自在园子里采的鲜嫩野菜叶，又亲自为我料理的"上汤枸杞叶"。这是在广州住的时候我最爱吃的菜。这道菜比任何山珍海味、鸡鸭鱼肉都贵重和美味。我忍不住对老公说:"我怎么这么幸运地嫁给了你?"

晚餐后在我们俩的私家千亩大花园里手挽着手散步,看着一天比一天漂亮的花园,心里涌动着幸福。这是老天送给我们俩最好的结婚纪念日礼物。

以前很喜欢的鸟和蟋蟀,现在成了花园的捣蛋鬼。蟋蟀是在秋播后搞破坏,鸟是在春播后发飙。种到地里的向日葵,刚一冒芽,鸟就连苗带种一起叼出来吃,又是菜又是饭的。我们只好在花田里放上稻草人吓唬鸟,倒成了花园的一道风景线。

丑妹儿自从变成花园狗狗后,有了吃花的习惯。只要是它吃撑着了,消化不良了,就要吃晒干的油菜花,丑妹倒是挺能跟着我们的步调与时俱进的。

我们园子里最多的果树就是桑树,都是以前乡亲们种下的。每年四月开始挂果,转眼之间就成熟了。为了吃桑葚,我们增加了每天逛园子的次数。每走到一棵桑树下,就选几颗最大最熟的摘下来吃,之后再走再吃。大概能现摘现吃,

持续一个月的时间,不用发愁如何保存,每一颗都是最新鲜的。那些日子,我的胃感觉特舒服,食欲也增加了,舌头永远都是黑紫色的。到桑葚果尾声的时候,我就彻底摘一次,做成桑葚果酱,一直吃到第二年新的桑葚果成熟。

花园里建了三个公厕，干净漂亮。公厕外面的男女标识都是我亲自画的：男生画的是"大白"，女生的图案是穿着裙子的梳辫女孩。所有人都夸我这个标识画得好、有创意。此外，我还DIY了一些"海绵宝宝""小黄人"放在花园里，显得十分特别。

城里人都争先恐后地买奔驰、宝马，我们花园的标配是"大铁牛"，只和奔驰、宝马比轱辘的大小。我们还把拖拉机改造成多功能神器——耕地、播种、浇水、修路、拉货，无所不能。最拉风的是开着它去县城上牌子，飞驰在公路上，风光无限，回头率无人能比。它那无比高大的车轱辘把舵手托上了天，自己低调地埋头奔跑，我们戴着帽子墨镜，没人看得到墨镜后面夸张的面部表情，都乐疯了，回来全变成了土人，全身被颠散架，却找回了童年般最单纯的快乐。

山谷四季

花园不是一天建成的,它需要时间,需要四季更迭,才能变得越来越美。鲜花山谷的四季,每一季都是那么鲜活饱满。

春

　　薄春的清寒轻轻穿过山谷，在阳春的三月里静静舒展。听陌上清风温柔、多情、婉转，暖暖的春风把万物唤醒，一派桃李芬芳的旖旎。

　　春天，花园里最先闪亮登场的是乡土野生植物石海椒，比迎春花还早几天开放，且比迎春花的花朵要大一些，更具观赏性。它们和迎春花的颜色一样，但并非一簇一簇的，而是匍匐在地面上，浩浩荡荡地连成一片，好不壮观。

四月将至,园子里的花朵醒了。

春雷惊鸣,回荡幽幽山谷;春雨淋淋,滋润凛冬土壤;春风轻抚,驱走数九寒霜。一早醒来,山谷的色彩丰富了。花朵种类繁多,渐次开放。若远观,则五彩缤纷,眼花缭乱。我甚喜鲁冰花,老公听闻,选百亩而种,开花时节,如凡·高创作的点彩油画。

果树更是花团锦簇地竞相绽放。刚来的时候还不知道鲜花山谷里有这么多的果树,第一个春天来时它们都显身绽放了。有樱桃、杏、李子、梨、桃、苹果、枇杷等,花朵饱满绽放,像烟花,像绣球,美得无法形容。也许是由于主人身份,和以往赏花的感觉完全不同。这种自豪与成就感,难以用文字表达。曾经我连做梦都没想到自己能

拥有一个几十万株植物的大花园，因此感觉一切都那么虚幻缥缈，太不真实，可自己又实实在在就置身于花海当中，若是以文字来形容，则是"半梦半醒"。

春天也是忙碌的播种季节。"大铁牛"出现在田地里，吹响春耕的号角。我们喜欢交替播种一些快速生长的草花，如鼠尾草、花烟草、万寿菊、翠菊、石竹、百日草等野花系列组合，还有3000平方米的草坪是它们的陪衬，我爱花也爱草坪。这些快速生根发芽、向阳绽放的小花，让我们看到了生命的蓬勃和顽强。

春雨贵如油。听着春雨落下的声音，作为"地主"的我们觉得比任何音乐都美妙，心里是甘甜的。

入春后第一次给多肉浇水,也是个不小的工程。这一天没有明确的界限,当四月的花朵含苞待放,也就是将熟睡的多肉们叫醒的时候了。每一盆多肉,一个不落地浇水,能听见泥土在吸收水分时发出的轻微的咕噜声,能感觉到多肉们的根茎在不停地吸吮,枝叶更加饱满。有时候我会想,和植物相处时间长了,我真的能感受到它们的生命,感觉到它们的喜悦之情。

　　春末夏初,人间四月,关不住的满园春色。黄昏时,环绕山谷的峰峦、大地上艳丽的花朵,都被余晖渲染成了橘色,花瓣带着温度,将光晕敛藏。那场景像满园的花朵在一天结束之时,向着太阳朝圣,感恩自然的恩赐。橘色渐渐退去,夜幕遮住整个山谷,花朵把橘光又还给夜空,借着月光变成了满天的繁星。青蛙、蟾蜍也到了繁殖的季节,在池塘边叫嚷,和声一片。忽地,踩着莲叶,错把萤火当成了星光,一口吞下一颗星星,逗得夜猫子在树枝上咕咕地笑。五天过后,

青蛙、蟾蜍的叫声，戛然而止。你方唱罢我登场，布谷鸟又开始不分昼夜地歌唱，催着农民播种耕田。从我们来到这里第二年开始，布谷鸟的叫声竟然变了，从"布谷！布谷！"变成了"鲜花山谷！鲜花山谷！"，甚是惊奇。

五月，蜀葵连成了花海。

风来了，不知是风吹动了蜀葵花，还是花儿听到了风的鸣奏，300余亩、700多种蜀葵花随风舞动。四月末前奏响起，五六月花期达到高潮，七月上又转入尾声。蜀葵花的花形有单瓣、复瓣和重瓣，多数人只见过单瓣或复瓣，鲜花山谷的重瓣蜀葵花最是耀眼，它的花瓣层叠无数，近似康乃馨的模样，个头却更大，形似绣球，各种色彩花团锦簇着妖娆生姿，美不胜收，惊艳了每一个人的眼睛，大家都不相信这些美到极致的花朵竟是街头巷尾常见的蜀葵。

蜀葵花季也是我们最忙碌的季节,除了赏花接待各路朋友,还要做蜀葵分类、拍摄、采种工作。它们几乎占据了色相环上的所有色彩,从白到黑,应有尽有。特别是山谷里珍稀的黑色蜀葵花,漆黑如墨,是黑色中的至尊。

夏

忽地,蚊虫变成了山谷的主人,夏天真的来了。

在乡村,我们和蚊子斗智斗勇,每每败下阵来,心有不甘,却也无可奈何。老公每次去浇灌

花朵，也意味着去喂饱蚊子。入园第二年，事有好转，只要有生人来，它们便不再叮咬我们，实在没得选了，对我们也不过点到为止，微痒，不会起红肿的大包，陌生人才是它们的首选猎物，想来我们自身似乎有了抗体，又或者蚊子吃腻了我们的血，不再感兴趣了。

六月的夕阳又与四月不同。蜀葵花望着蓝天晃动身子,长啊长,不愧别名"一丈红"。黄昏已至,太阳躲在山沟沟里,半遮半掩,逆光而望,每朵花都变成半透明的剪影,身后则放着光芒,远观如无数尊佛像普照佛光,近看则细数花瓣脉络,如人毛血,似在流淌,心中突有所悟、似有所想。

六月,百合花开。我们建立起目前世界上唯一的中国原生百合保护园,十五万株不同品种的百合花,花期一到,满园芬芳。岷江百合与泸定百合,形似白鸽,它们白天展翅,晓得我在,不敢声张;夜晚偷偷溜走,直升夜空,追逐月光。我怕它们不归,贪恋黑色的梦、白色的光,可是,不用担心,一早起来香气扑鼻,这些白鸽认得家乡。

夏秋之交，硫华菊成了山谷的主角，橙黄之色一望无际，像极了凡·高画的麦田。还有我的最爱——银芦，在夏秋交替的暖风里，柔软如羽，与蓝天白云交相辉映，置身其中，感觉在挑选一对属于自己的翅膀。若是仰躺下来，便能看见那银芦轻摆，犹如画笔，将天上的云轻扫揉搓，在蓝天的空缺处，涂抹新的云。再纯白的云也被它调和出了蓝、白、灰、紫的渐变色。

秋

秋是收获和农忙的季节，花农、"伪花农"（我和老公）下地耕田，拖拉机的轰鸣声欢快唱响，甚是壮观，这场面很是让人欢欣鼓舞。

大大小小的南瓜摆满露台和门廊，这是丰收的颜色，一地橙黄。

那段时间，蒸南瓜和做南瓜饼、煮南瓜粥是我们的最爱，比红薯都甜，吃过的朋友都以为我们加了糖。丑妹儿是显摆南瓜的专业模特，天天上镜，朋友们都看得流哈喇子了，我们心里得意得不行，表面还装得很淡定。

秋天的鲜花山谷澄明通透、草浪滚滚。树林染上秋色,树叶开始泛黄。风把太阳洗得干干净净,一派灿烂丰收色。我在秋的暖阳里醉行,带着猫狗在花园里各种嘚瑟,它们是花园秋天的精灵。夏秋交替之前,它们在花园有一段共存的时间,既有秋的黄叶、红叶,又有夏的花朵,绿植占满视野。只有在成都才会有这样的景象,北方的朋友都十分嫉妒成都的好天气。

秋天的花园是安静的,就连打屁虫的放屁声都听得到。在宁静中,花谢、叶落,还有那些常青的绿色。

波斯菊、百日草、硫华菊是秋的主角。它们的花色特别丰富，是特别不娇气的好孩子，随便一播，就给你绽放出无尽的美丽。特别是百日草，是我们每年必种的草花之一，花期超级长，三个多月不落幕，我将它们移栽至我们的房前屋后，每每看到百日草那精致无比的花蕊，都要惊叹一番，它们竟然既浓墨重彩又自然质朴。

十月，我们的主打花——成都市花芙蓉花闪亮登场，是这个季节最靓的风景，房子顿时像化了彩妆般浓艳美丽，花卉的装饰性真是无与伦比。

由于鲜花山谷坐落在中国最典型的方山丘陵——川中丘陵的西缘,四季里春、夏、秋都较长,冬天却短短的。多肉们最喜欢这样,它们不用冬眠,用长长的秋季化妆美容并长高长大,变得越来越强壮且美丽。

工作室里最拉风的是一台藏式铁制大火炉。大火炉是在阿坝州购买的,先拉到成都,再转运至金堂,最后我们租车运回鲜花山谷。运费比炉子还贵,但是我们觉得值得。记得大火炉回家那天,是微凉的初秋,我们迫不及待地安装,把一块玻璃窗挖了个洞,连接火炉的烟筒伸出窗外,晚餐后生了第一炉火,房间顿时温暖起来。用铜壶烧了一壶开水,沏了茶,口感特别不一样,大家围炉喝了起来,特别欢喜。后来这炉火演变成了一场"事故"——所有人都被烤成"红脸大侠",都是嘚瑟惹的祸。

冬

　　冬天本是成都最难挨的季节,与北京不同,北京的冬天是一种"干冷",成都潮湿的天气,阴冷刺骨。有了这大火炉后,我们的冬天变得干燥而温暖。入冬时节,我们将柴火放到触手可及的地方,码放得整整齐齐,然后备好茶叶、咖啡豆、零食还有书本,在炉火边猫冬。我伸手添着木柴,那火苗舔着我手中的柴火,像饿极了的小狗,抢着骨头。木柴填好,它又像吃饱的小狗,吐着舌头。

我们蜷缩在火炉旁,全身烤得酥酥软软,看着喜欢的书,吃着烤熟的土豆、红薯,老公做的"周卤"系列、"周大饼"系列及琥珀坚果系列曾经红遍珠三角,因为有了大铁炉,其味道更上一层楼。只要火炉生着,炉子上永远都会烤着各种吃的。猫儿狗儿在我们身边随意卧着,狗儿安静,沉沉地睡了;猫儿最会寻找舒服的地方,卧在离火炉不近不远的沙发背上,眯着眼打盹儿。我吃着红薯,它听见声音了,便睁眼看我,鼻子嗅嗅,没有兴趣便又睡了。若是屋外下起了雨,雨水滴答之声夹杂着柴火的噼啪之响,演奏着不可抗拒的催眠曲,除了贪吃的火炉和墙上的挂钟叨叨念念,屋内的我们,都沉沉地睡了。

冬日的火炉上一直放着铜壶,壶里的水翻滚着。冲泡的花茶、现磨的咖啡,香味在屋内弥漫,恍惚间,竟分不清是现实还是梦境。时间混沌停滞了,我应是做过这样的梦的,如今身处梦境,真实地生活在自己的梦想里。建一座自己梦想的花园，是一个非常庞大复杂的工程，要先将过去的一切删空清零，放弃很多东西，失去很多东西，这其中的沉重与艰难只有我们自己知道，这个华丽转身太不容易了，可是我们真的做到了，努力之余，我想我们也是幸运的。

初冬的晨光是朴素的，像它的寒冷一样，广阔而博大。腊月的花园仍是缤纷的，不畏寒霜，这里没有灰白的冬季。

冬日的鲜花山谷是紫色的，原生植物紫堇铺满山谷。区别于夏的五颜六色，彰显生命的蓬勃，冷艳的紫粉色更适合冬季。"花坚强"天人菊和不肯落幕的蜀葵，披着白霜装扮成妖娆的冷美人。

圣诞节前还不太冷，在有阳光的午后，我都会去当地人叫"黄金梁子"的花园山顶，捡些青冈果和松果回来。卡其色的种子总是让我着迷，摆在木相框、木盒子里，房间顿时就有了圣诞节的氛围。品相不好的松果就拿来烧火煲鸡汤，满屋飘着松果香味的鸡汤，闻着就醉了。没有太阳的日子就在火炉边看书、涂鸦、喝茶、打瞌睡，慵懒恬淡地猫冬。

每年进入十二月，我们就开始制作年货。在乡村做年货，成了土豪。香肠、腊肉的原材料，都是整头猪地买，全是当地农民家自养的土猪。"风吹鸡"的档次也因为土鸡食材而升格为奢侈品。现在能吃上这样品质的猪肉、鸡肉已经是很

难得的事了。香肠腊肉制好后,再用山上采的松树柏树枝叶熏制,入口留香。腊肉肥瘦兼得,肥而不腻,入口即化,描写之时唾液都在不停地分泌,那是无法形容的人间美味。虽为年货,但制作完成后我们就开始食用,简单而奢华。

过年的时候,山谷的工作人员——农民、木匠、花匠都回乡团聚了,只有我和老公带着一群

猫猫狗狗在花园过年，在自家千亩大花园里安静地守岁迎新春。热闹的春节是常态，安静的春节才是最奢侈的。

年三十，一般是从下午开始，桌子上摆满各种年菜，酒杯里盛满酒，随吃随喝。两个人一起到菜地摘新鲜蔬菜，最爱的是豌豆尖，回来用鸡汤烫煮一下，香味醇厚回甜的豌豆尖，是年夜饭中最美的味。对于我这个北京大妞来说，包饺子是必不可少的，是最浓的年味。

每年的除夕夜，我们烤着炉火喝茶、聊天、吃美食，边看《春节联欢晚会》，边在暖融融的炉火边听着噼里啪啦的燃柴声打瞌睡，过着冬日里最幸福惬意的岁末。看手机微信上各种岁末新闻，朋友圈的过年美图、美文，感觉这些东西离我们很远。新年钟声敲响的时候，我和老公相拥而眠，相互祝福。

不亦乐乎

有朋好奇谷主夫妇可以远离城市喧嚣,享受繁华的寂静,日复一日。我以为,女主已如女巫般存在,男主是她的岛屿。

鲜花山谷落成一个多月后，迎来了第一个来住的朋友——我们的恩人，香港的孙先生。关于孙先生，我在《在丹巴发呆的日子》一书里有详细讲过他的故事。他是我们的忘年交、后天亲人，他的到访让我们感到由衷的高兴、温暖。鲜花山谷当时还在建设中，没什么花，基础设施也没完善，路都是深一脚浅一脚的黄泥地，他却给予了我们很高的评价和鼓励，以及一些建设性的意见。

这次他给我们带来了大小不等的11幅大型喷布画，非常重，一路从香港带到成都。看到这些画，我们鼻子发酸。多数画都是我们原来在丹巴发呆的时候，他来拍的丹巴风光。最让我们震惊的是，这么大的喷布图片，每一个犄角旮旯都清晰无比，堪比高清电视机的水准，这是他和他的徕卡相机最好的合作。11幅喷布画，是专门从德国进口的布，当时的造价之昂贵令人无法想象。在这里就不说钱了，会亵渎了他的情意。如此大的喷布画，即使是在我们这个巨无霸的房子里，也只能挂上两三幅，幅幅精美无比。我们想，将来一定要在鲜花山谷为这11幅画办场画展，那时候来鲜花山谷的人就有眼福了，真的是美不胜收、终生难见的美图。

最隆重的访问团

要说最隆重的访问团,非北京亲友团莫属——"团长"是九十多岁的母亲,率全家人来访。接下来近一个月的时间,我与北京家人相聚在美丽的鲜花山谷,天天有聊不完的天儿、逛不够的园子、拍不完的照,以及吃美食、喝美酒、打麻将。在北京大家都无法实现这么长久、热闹地生活在一起。我和哥哥姐姐们像穿越到小时候,在妈妈的翅膀下,做无忧无虑童年时期的小王子、小公主。他们走的时候都特别恋恋不舍,妈妈说,要是能安四个轱辘,把鲜花山谷推回北京去该多好呀!妈妈上车时,特意回避和我告别,我见她悄悄从书包里掏出墨镜戴上,遮住流着泪的眼睛,直至他们的车渐行渐远。他们走后的很长时间里,我的心都是空荡荡的。

最受惊吓的一次拜访

2014年5月的一个午后,我在房间看书,老公在小花园浇水,老友杨总的奔驰越野车突然出现在了我家门前,转眼间人就进屋了。我的眼睛当时有点花,看到的不是他,而是另外两个人,再定睛一看,啊,是我的两个闺蜜,香港的Y和广州的H。当时我们仨都说不出话来了,死死地看着对方,眼睛越来越潮湿。气得我直想揍她们俩一顿,跟我玩突袭。Y的眼泪在眼眶里打转,硬是把眼泪憋回去了；H眼睛发红。老公在院子里看到她们，也给吓到了，浇水管子应声落下，喷了杨总一身，湿了一大片地，还不敢激动地跟着他们安静地进屋，脸憋得通红。这是我俩2014年遭受的最幸福的惊吓。

Y和H像蜀葵花般光彩照人地来了，带了很多礼物，还有一大背包的趣事告诉我，满屋子都像洒满了阳光。

Y和H来鲜花山谷的"幺蛾子事件"，"中毒"最深的是她俩的老公，没和她们一起来肠子都悔青了。后来就有了他们两家再来鲜花山谷的美好日子。

"酸枣"是我在成都唯一的微信群,群友都是文艺、红酒爱好者。我最喜欢资深文艺女"鳗鱼"的一段点评:"巫术的目的是抵达寂静深处,无法被理解,只能被体验。有朋好奇谷主夫妇可以远离城市喧嚣,享受繁华的寂静,日复一日。我以为,女主已如女巫般存在,男主是她的岛屿。"

一位80多岁的单反狂人和儿子一起来到鲜花山谷,后来发了一篇真挚感人的文章——

从发现美人谷到重建鲜花山谷

撰文/摄影：我吴哥

去见殷周，如同局外人考古一件稀世青铜，好奇且充满庄严感。几个有着自己独立个性、超凡理想和不懈追求的驴友，浪迹天涯，行摄天下，终于有一天在一个叫丹巴的地方停了下来。那里有世界上最杰出的建筑、最美丽的村庄、最淳朴的人们、最灿烂的笑容、最干净的阳光、最自然的环境。他们决定就在那里发呆，这一待就是四年。有心人在无意中创造奇迹。他们发现丹巴而不打造，他们欣赏丹巴而不粉饰，他们陶醉于丹巴并分享美丽，他们的"无为"却完成着"自由自在的生命活动"。与丹巴的缘分由于水电开发而戛然中止，令人意外而伤感。八年后，四川省成都市金堂县转龙镇的一个山坳里，鲜花山谷横空出世。中国规模最大、品种最多的蜀葵

花园诞生了。这是他们的第二个孩子,优良的遗传基因必定会使得初生的鲜花山谷日渐内秀、文静典雅。时值六一节,祝鲜花山谷节日快乐!我们会伴随你的成长、见证你的辉煌!

  北京的一帮音乐人和"伪音乐人",带着电钢琴、钓鱼具和米其林大厨般的厨艺,以及美丽的歌声来到鲜花山谷,后来电钢琴成了园子里永久的居住者。

  "巴平人"来过鲜花山谷后,赋诗一首:

列队等候在鲜花山谷的门口

神仙眷侣仍在谈着不知疲倦的恋爱

赋予保鲜的花一直开着

在这里坚守着白头偕老

少女的春天

心中自有一片花海

少年许下的诺言

便落地在这片山谷

清晨里播种

黄昏下散步

坚守在小木屋里阅读

在一首首情诗中老去

蜀葵芙蓉百合

在我眸中

绘制着一幅多彩的油画

在火热的季节汇聚山谷成花

你们在花间吟道

承我此生美景,许你一世欢颜

互粉博友"一苇兮"是我们一直在网上神交的一个北京朋友。他是一个非常专业的业余花卉植物爱好者,经常有好的花卉植物博客,我从他那里学到了很多知识。他趁来成都出差,两次悄然走进鲜花山谷,在园子里安静地拍花拍植物,实现了我们的历史性握手。回到北京后他写了篇图文并茂的博客,图片拍得超级棒,给鲜花山谷增色不少。

美丽，在鲜花山谷里

撰文/摄影：一苇兮

　　那里

　　有一个鲜花山谷

　　有一对颇具传奇色彩的伉俪……

　　那里

　　有花草的绚丽

　　更有心灵的奇丽……

　　山谷里

　　一座花园

　　一对情侣

　　一个梦想

　　一份美丽……

  一个搞纪实摄影的大摄影师来到鲜花山谷，以他的视角拍了一组镜头，用"中国塔莎奶奶，金堂秘密造梦"的标题发了篇微信文章，掀起一阵波澜。

  失联了二十多年的闺蜜Y也突然出现在了鲜花山谷五月的暖阳里。二十多年来，我始终在她心里无形地存在着，赶都赶不走，所以她一直固执地坚持寻找我，都快挖地三尺了，甚至求助过公安局，就差发寻人启事了，还是《朗读者》给了她线索，最终找到了我。她说她要感谢

CCTV，感谢《朗读者》，感谢董卿，完全像在说获奖感言。时隔二十多年后的短暂相聚，看着她随意地坐在工作室里我的身旁，我们一起慵懒地喝着咖啡，悠然地聊着天，好像从未分离过。她从美国给我带了一大堆礼物，星巴克咖啡豆、非洲木雕、化妆品，以及女儿参加全美比赛获得的手机鱼眼镜头，等等。最隆重交代的一个礼物是她家的汽车牌子，人家是让她替换汽车上的旧牌，她替换到了我这里，我喜欢死这块车牌了，马上放到工作室的架子上，显摆没商量。特别特别高兴的是这次还见到了优雅健康、神采飞扬的Y妈妈，她是一个让人崇拜仰慕又能抵达尘土里的温暖妈妈，她这次来鲜花山谷的形象就是一个退而不休的大摄影师。

与闺蜜Y重续前缘后的第一个生日刚来临了几秒钟，我就收到了她从美国发来的生日祝福。她说在失联的这二十多年里，她每年都默默给我过生日，却不知寿星身在何处，这回可逮着了。

突然"火"了

陌生人大量涌来，不是他们打扰了我们，而是我们的故事先打扰了别人。是我们的爱情故事和生活方式得到了大家、社会的认可，并以令人欣赏、好奇甚至羡慕的情节进入了人们的心里，他们才会大老远舟车劳顿来看我们，作为故事的主人，必须感恩和热情接待，这是我们的荣耀和使命。

2016年岁末,中央电视台联系我们,邀请我们参加董卿主持的第一期《朗读者》节目。2017年新年第五天,我们踏上去北京央视录制《朗读者》之路。1月7日进棚彩排,8日正式录制,2月18日在CCTV-1播出,同期嘉宾还有濮存昕、柳传志等等。我们与董卿相见甚欢,三个人在舞台上神侃,全然忘了台下还有数百名观众。姐姐和她女儿静也在观众席里,后来她俩说:"你们仨倒是在台上聊痛快了!"彩排那天我见到了素颜便装的董卿,恬淡清爽,温暖亲和,特别喜欢。

来北京录节目最大的好处是不用花自己的银子见老妈、哥姐，享受与家人欢聚的幸福时光。

来去匆匆，我们很快就赶回鲜花山谷，接待《朗读者》外拍组到鲜花山谷的拍摄任务。持续拍摄了四五天，杀青不到两小时，我们又已坐上飞往北京的航班，去参加《朗读者》与赞助商的签约发布会。几天后又见老妈，她都觉得有点视觉疲劳了，这当然是调侃我，其实她高兴还来不及呢！这次我们见到了乔榛夫妇和刘震云老师，在休息室里一边享受着化妆师的打扮一边候场，感觉在梦里般不真实。

与乔榛夫妇的这次同台相遇，让我们后来成了忘年交和相见恨晚的老朋友。乔榛老师身体不好，得过好多次要命的病，都是靠他坚强的毅力和夫人的精心呵护挺了过来，健康正能量地快乐生活着，让我们非常敬佩。2018年10月12日，带着脑血管后遗症的他，携全家及朋友专程来到鲜花山谷，彼此相见甚欢，不亦乐乎。在聚餐会上，乔榛老师还专门为我们俩、为鲜花山谷朗诵了一首长诗,再一次聆听乔榛老师的朗诵,山谷响起最美的声音,我的眼睛湿润了……

《朗读者》首播那天是晚上八点，乡亲们都早早坐在电视机前等待观看。我们团队的人齐聚在工作室的电视机前，集体观摩，像举办一场盛会。亲朋好友们也都疯狂了，边看电视边传来信息和在电视机前拍照的图片。

上了《朗读者》后，粉丝骤增，花园里天天都有慕名来见园主的客人，省外客人占一半还多，让我们有点措手不及，宁静和正常的生活被打扰得一地鸡毛，出现了一些烦躁情绪。后来我们及时调整心态，进行换位思考，不仅情绪调整了过来，还有了感激之情。陌生人大量涌来，不是他们打扰了我们，而是我们的故事先打扰了别人。是我们的爱情故事和生活方式得到了大家、社会的认可，并以令人欣赏、好奇甚至羡慕的情节进入了人们的心里，他们才会大老远舟车劳顿来看我们，作为故事的主人，必须感恩和热情接待，这是我们的荣耀和使命。

媒体也开始蜂拥而至，每天摄像机要工作N个小时，只为拍下几分钟的节目所需的一切。我们零距离地观察到了摄制组的工作程序，事无巨细，精益求精，真是不容易，非常敬佩摄制组的耐心，无休无止地调整灯光镜头，摄制过程充满了完美控的精神。丑妹儿在拍摄过程中也很疲倦，它要和我们一起上镜头，要对很多人吼叫，要被许多人抚摸强抱，每次摄制组撤离后，它都要狂睡一阵。他们把鲜花山谷拍摄得像诗、像童话一样，还尽量不让我们感到不自在，让我们的简单生活变得不简单，是一种快乐的体验。媒体的访谈帮助我理清了思路，老公的温柔使他的心灵纯真而优雅，使我知道自己得到了珍爱，也找回了深层的自我。

后来我们又上了湖南卫视《天天向上》节目。外拍组在 2017 年 3 月的最后一天来到鲜花山谷，拍摄我们俩的花园生活，4 月 10 日我们飞长沙，11 日进棚录制，4 月 28 日播出。我们平时不怎么看电视，一般都是把电视调到央视新闻频道，不了解《天天向上》节目有那么火。一个《朗读者》就够我们招架的了，这回又"惹大了"，安静的花园日子越来越少，每天都要见很多陌生的面孔，与素不相识的人交谈，我们把不习惯当成新体验，也挺好玩的。

　　着重要说的是这次参加《天天向上》节目的一个花絮,我和二木神交了N年,就是没有见过面,这次我俩在不是我的城,也不是他的城的第三城长沙相见了,我们共同参加了这一期的《天天向上》节目,没有偶然,全是必然,我们该见面了。更为高兴的是还见到了传说中的薇薇小姐,又能干又漂亮,全身散发着阳光正能量,特别喜欢她。和我们同台上这期节目的还有周冬雨、迪玛希。

　　陆陆续续又登上了央视的《开门大吉》《回声嘹亮》《讲述》《花季中国》,以及江苏卫视、天津卫视、辽宁卫视、四川卫视、成都电视台等舞台。

台湾电视台和福建电视台也联合制作、播出了我们的故事……

获得过金话筒奖的四川著名记者周东先生也来给我们做了专访,大腕就是大腕,气质修养内涵的确不凡,在他的采访中我们也跟着提高了不少。

每次外出,生活的节奏就会发生改变,回到花园的家,猫狗花儿总是热烈地迎接我们的归来。我们到家第一件事就是给猫狗吃它们最爱的吃的,给花草植物浇水,和它们说话聊天,让宁静安详的氛围慢慢浸润,直至感到心的着陆,日子入轨,花园生活的连续性和节奏感重新被点亮。

　　走在大街上、机场等公共场所，开始被人认出来了，有的还要求拍照合影、签名，甚至有见到我们激动得语无伦次的人，让我都有了名人的错觉。老公就趁机调侃我说，以后出门要戴墨镜口罩之类的。

　　成都大街上的高楼大厦巨幅 LED 屏，也出现了我俩的身影。那些日子，天天都有朋友激动地发来他们在大街上拍到的我们在广告屏幕上的影像。最搞笑的是"酸枣"成员 L，有一天她很平静地拿着一杯咖啡，在 20 多层高的办公室窗前慢慢地喝着，突然望到了对面广告牌上的我俩，完全给吓着了。

九十多岁的老妈有一天突然问姐姐,我现在算不算名人,姐姐想了想,勉强地说:"可能算吧。"

2017年我们被评为"成都最美家庭",2018年登上央视的"中国十大爱情故事",2019年上了央视的对外频道CGTN的《十三亿分之一》节目,2020年1月《人民日报》专版报道鲜花山谷,2021年5月上了CCTV-3的《越战越勇》节目……

上了那么多节目，问的讲的都是相似的内容，自己的耳朵都疲劳了，媒体的热情仍然不减，人们对我俩的故事越来越好奇，来花园的拜访者与日俱增。讲着讲着，我也理清了一些生活爱情婚姻的感悟，对老公的认知也比较清晰有条理了。

我过去从来没有如此认真地去总结过身边这个离我最近的人的了不起。小林是一个总能不断地给自己找课题进行深入研究的人，宁静地做着他想做的事，执着坚韧地勇往直前，最终把非专业做成专业。在我们近三十年的婚姻生活里，他用最质朴的爱和仪式，温暖着我的每一天。他是一个对生活充满了罕见温情的人，我和老公在平常的日子里，经常会出现许多爆发性的自然契合点，这种深层次的统一让彼此得到滋养。他还是一个把老婆宠成女儿、没原则地接受老婆的一切瑕疵，让我在做自己的时候感到自信和安全的暖男。他就像是与我相随相伴的一束无形的、散发着芬芳的鲜花，充满智慧的温暖和爱。我现在成了令所有女人羡慕的女人，这个荣誉让我觉得幸福骄傲的同时，又有一份担忧，时时提醒自己，千万不要被老公宠成一个任性、不知天高地厚、不可理喻、不懂感恩的人。

有个很厚爱我们的大哥曾经总结过这样一段话："你们俩是把爱情演绎到极致的人，把承诺坚持终生的人，认真做学问、做善事的人，脱离了低级趣味的人。"锵个隆咚锵！

到乡村，建一栋漂亮的小房子，做平淡幸福的两口子，过不离不弃的一辈子。和老伴一起种花种草种春风，一起为梦想做自己喜欢的事，美丽到老。每天早晨，看见阳光，和爱的人在一起，那就是幸福。漫步在花香满径的花园小路，享受着只属于两个人的恬静淡然。有人曾说过，真正爱上一个人的感觉就是：别人再好与我无关，你再不好我也喜欢。承蒙你的出现，够我喜欢一辈子。

2018年8月19日,我们俩在鲜花山谷度过了结婚第10000天的特别日子,共同走过了27年4个月15天。在生活和爱情中,最能发现自己的个性,它们是给予而不是索取,需要克制、自律,以及无私,这是毕生的考验。

　　老公作为植物学家被《成都晚报》（已停刊）邀请为他们的一篇《报春花》做专家点评，还特意找了专业画家为老公画了一张简笔头像，虽然不是很像他，但我觉得挺好玩的。《成都晚报》2015年改版后第一期，我们就被荣幸地约了稿，写的是成都植物和蜀葵。

为2019年北京世园会拍摄的纪录片《影响世界的中国植物》,在拍摄前,总导演李成才老师专程与老公在北京的一家咖啡馆长谈了几个小

时，相互交换了思路和理念。李导可是中国最牛的纪录片导演，他低调地听一个外行的建议，让我们很感动。开机仪式是在北京植物园举行的，又专门把我俩从成都请去参加,并安排在开机仪式上发言。同时发言的还有世园会组委会领导,以及王石先生、李成才老师等。

《朗读者》播出那年的情人节,我收到来自老公的情人节礼物是在自家菜园里采的一束鲜嫩欲滴、美丽无比的油菜花,是不用花一分钱却又最奢侈珍贵、无价无市唯我独享的孤品。

外界送我的情人节礼物是央视推出的"情人节夫妻嘉宾篇",让这一天发生了报道鲜花山谷夫妇的媒体大爆炸——层出不穷的媒体、不绝于耳的声音,搅得我俩过了一个云里雾里的情人节。家人朋友也都跟着嗨了起来,跳得最高的是香港的Y,简直要飘起来了。她的评论也被央视千挑万选采用了,在节目中展示。

《朗读者》播出后的第一个清明节小长假，鲜花山谷的人流量暴增，我们的心里还没准备好，园子里的花也不太多，因为清明不是鲜花山谷最漂亮的季节。而且我们的花园太私人化了，完全依园主的喜好而为，不是商业项目。好在客人是因为欣赏我们的生活方式、我们的故事而来，不然一定会很失望的。这个小长假我们得到了很多鼓励。

在丹巴发呆时遇到而后面又意外失联的广州驴友，因为《朗读者》又找到了我们，从此鲜花山谷成了他们来四川必到的一个地方。每次都是安静地购票入园，安静地游览观看，唯一特殊的要求是一定要参观工作室，并和我们聊上一会儿。他们见到我们的接头语是"醒来觉得甚是爱你"，有种对暗号的感觉，特别好玩。近二十年前认识的过客，竟然如此的情真意切，让人倍感亲切。

人活到极致，一定是素与简。放下的越多，就越富有，越能听见自己内心的声音。一座花园，一份安暖，一段岁月清浅的日子。做一朵平凡的小花，淡然安静，笑迎春风，优雅从容，以不同凡响的姿态，摇曳在花园的风中。按照自己内在的时钟生活，每天都像织棉中的女人，安静祥和温暖，日子逐渐获得一种柔和的节奏，迈着缓慢的步伐，从不匆忙。生命就是一场花开，在每一段光阴里，绽放属于自己的风景，与爱人看花开花落，看到蓦然回首；隔着红尘，打捞满心的欢喜，于半亩心田，放飞内心的恣意思绪。岁月留下馨香缕缕，依着阳光栽植下时光的美丽，收获无与伦比的葱茏往昔。抚一缕清风于陌上，待莺飞草长、蝶舞飞扬，静静地守候一段春暖花开的时光。岁月极美，在于它必然的流逝，春花、秋月、夏日、冬雪，你若盛开，清风自来，发生改变的从来都是内心的风景。

花园的生活方式是由寂静、大自然的音乐、慵懒组成的，是人生的美妙逗留。把普通的生活过得精致，让平淡的日子不平淡和有所期待、值得庆祝。做一个有趣的人，过好玩的生活，用流年的笔，记下点滴的过往。择一处乡野，以花为伴，安之若素，让一切细碎的小事都有仪式感。对于爱来说，仪式感又是尊重。让每一天都有许多珍贵的小确幸。只有越来越返璞归真，才能体味到简淡生活中的灵光、快乐、幸福。世间最好的感受，就是发现自己的心在微笑。

特蕾莎修女曾经说过，一生中我们不是总能做伟大的事，但是我们能带着伟大的爱做小事。

2021 年 4 月

于鲜花山谷

特别感谢

曲　玲　女士

殷　亮　先生

朱建国　先生

李　杨　先生

蒋永平　先生